I0680122

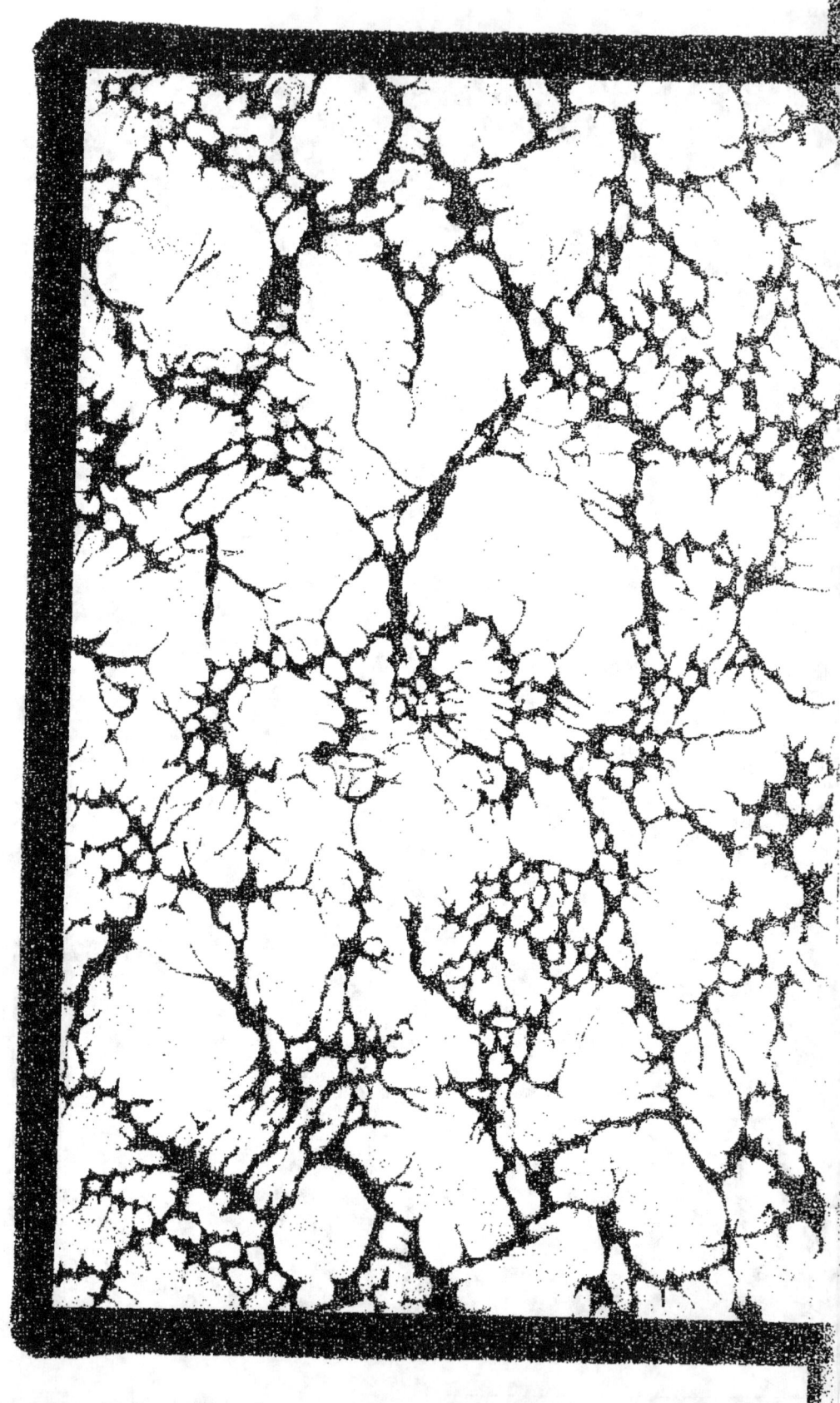

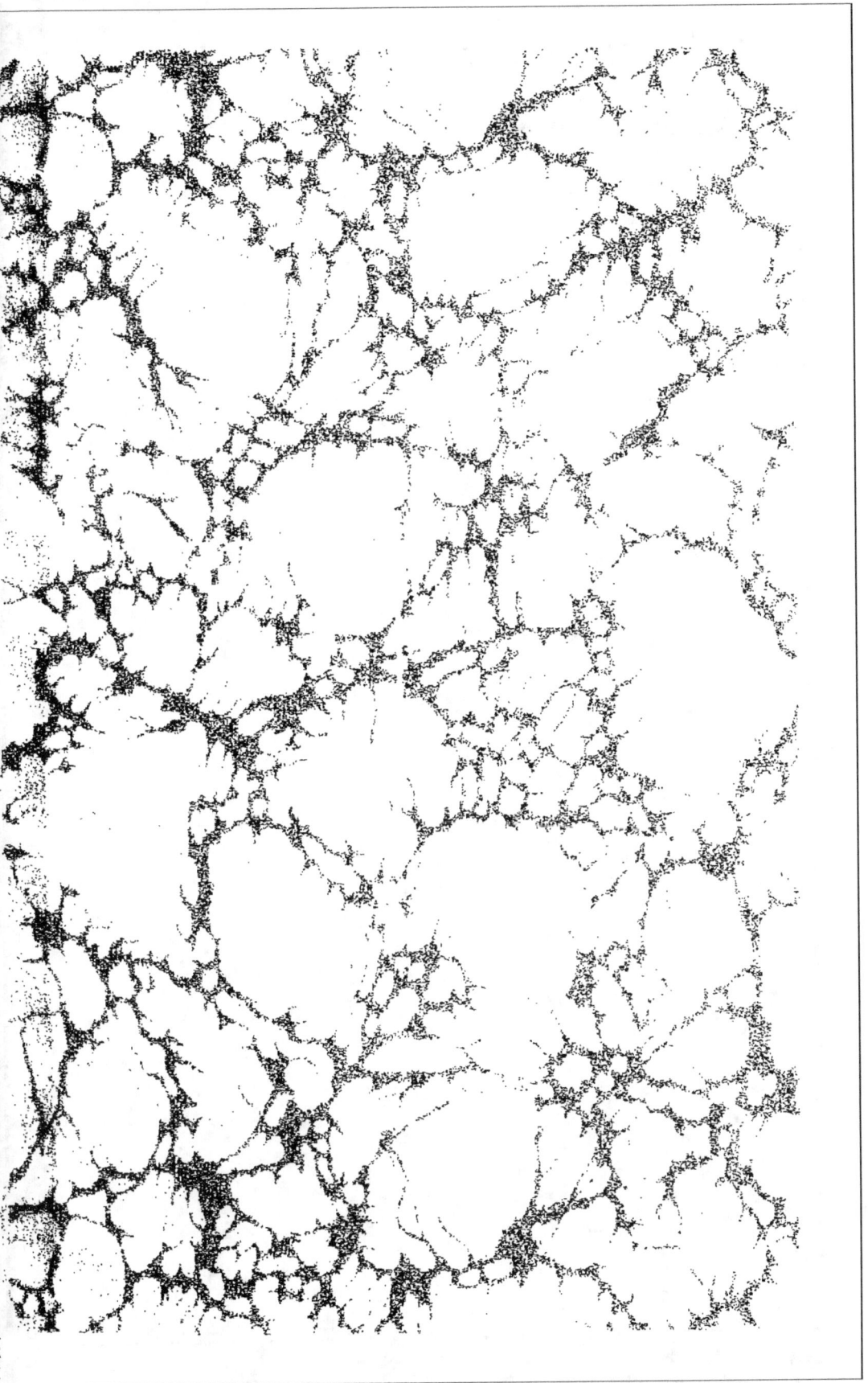

Reliure Devel 1985

MAX RADIGUET

SOUVENIRS

PROMENADES

ET

RÊVERIES

PARIS

TYPOGRAPHIE DE Mme Ve DONDEY-DUPRÉ

Rue Saint-Louis, 46, au Marais.

—

1856

A

$\mathfrak{S}^{***}$ $\mathfrak{R}^{***}$

SAPIENTI SAT!

1.

PHYSIONOMIE
DE QUELQUES FÊTES
EN BRETAGNE

I

L'Éguinané.

Dans quelques localités du pays de Léon, en basse Bretagne, où plusieurs vieux usages existent encore, il en est un qui remonte, assure-t-on, aux époques presque fabuleuses de notre histoire, et dont les effets, au point de vue de la charité publique, sont assez utiles pour que nous lui souhaitions une longue durée.

Malheureusement nos idées et nos habitudes modernes enlèvent d'année en année à la manifestation extérieure de cet usage l'attrait curieux qu'elle empruntait à la naïveté de sa mise en scène.

Le dernier samedi du mois de décembre, la municipalité et les notables de certaines petites villes parcouraient les rues et demandaient de porte en porte, pour les pauvres, de l'argent, du pain ou de la viande ; toutes choses que les habitants se faisaient un devoir d'accorder dans la mesure de leur fortune. Ces différentes aumônes étaient accueillies par le cri d'*Eguinané*, sorte de hourra breton consacré à cette unique cérémonie, et que vociférait un formidable chœur d'enfants et de désœuvrés qui suivaient le cortége. — Différentes opinions ont été émises sur cet étrange mot : certains scrutateurs des vieilles mœurs armoricaines le font remonter aux druides, qui, au commencement de l'année nouvelle, récoltaient le gui sacré, et saisissaient l'occasion de cette solennité pour faire des largesses aux indigents, au cri de : *au gui l'an neuf*, d'où l'on aurait fait par corruption celui d'*Eguinané*. — Il faut une foi robuste pour admettre cette explication. En effet le spirituel commentateur du voyage de Cambry dans le Finistère remarque fort judicieusement que dût-on accorder ou nier l'identité du breton et du celtique, il n'en ressort pas moins que les druides ne parlaient pas le français.

Selon dom Lepelletier, *eguinané* ne serait pas du français mal orthographié, mais bien du breton mal prononcé; il voit dans ce mot la corruption de *eguin an eit* (le blé germe). « Cela est d'autant plus probable, » ajoute l'écrivain cité plus haut [1], « que la fête du dernier samedi de l'année se nomme l'Eghinat, et que le même nom est donné aux étrennes que l'on demande en cette occasion. En criant : « Le blé germe ! » le Breton fait sans doute allusion à ces paroles prophétiques chantées tous les jours de l'*Avent*,

---

[1] M. E. Souvestre, dont la plume élégante et féconde a si puissamment contribué à faire connaître la Bretagne au reste de la France.

et qui sont accomplies à la *Nativité* de Jésus-Christ : *Aperiatur terra, et germinet Salvatorem !* »

Malgré tout, la première version, la plus absurde, est généralement accueillie ; par les uns à cause de son charme pittoresque, et par le plus grand nombre avec cette crédulité trop propice à la quiétude de l'esprit pour qu'elle ne fasse pas admettre des explications bien autrement improbables.

La quête de l'Éguinané se fait dans les conditions suivantes. — Un tambour, — c'est, depuis 1830, celui de la garde nationale, — précède deux chevaux qui portent les mannequins destinés à loger les dons volontaires de viande, de pain, et autres provisions d'un volume embarrassant ; le commissaire de police et les sergents de ville en grande tenue dirigent la quête, surveillent les offrandes, et préviennent toute fraude qui aurait pour but d'amoindrir le bien des pauvres ; enfin une fourmilière d'enfants appartenant à toutes les classes de la société, s'éparpille, bruyante, désordonnée, la tirelire de fer-blanc à la main, autour du groupe principal : tous piaillent, se bousculent, secouent avec frénésie, sous le nez des citoyens paisibles, leur tirelire pleine de gros sous, et s'entr'agaçant l'un l'autre, ils font, comme le dit M. Despréaux, aboyer les chiens et jurer les passants. Un pensionnaire de l'hospice civil, grand, niais, un idiot même au besoin, à défaut d'autre sujet, se coiffe, dans cette circonstance, avec un chapeau enrubanné, et tient un bâton orné de bandelettes multicolores : il brandit cette houlette sur le troupeau turbulent qui l'environne, et jette maintes fois, comme Neptune, mais avec un succès plus négatif, son *quos ego !*.. au milieu du tumulte. Rien ne

fait : les instruments bourrés de billon continuent leur cha-
rivari, le pavé retentit, martelé par les sabots, et la gamme
chromatique de rumeurs qui accompagne d'ordinaire toute
bande de gamins en liesse, renforcée de l'aboiement des
chiens qui se mêlent familièrement à la cérémonie, couvre
presque le bruit du tambour. Néanmoins ce dernier reproduit avec une persévérance méritoire la moins variée de
ses batteries. — Dès qu'une ménagère se montre au seuil
de sa porte, soutenant avec peine quelque opulente pièce
de boucherie, le cortége s'arrête, une chamade du tambour
rassemble la foule, un ban salue la riche aumône ; le cory-
phée, élevant son sceptre enrubanné, vocifère trois fois,
de toute la vigueur d'un larynx de métal : *Eguin an eit,
potret !* — *Eguin an eit !* hurle l'assistance ; et cette fois il
nous semble convenable d'adopter la phrase bretonne que
nous traduirons ainsi : «La moisson germe pour vous, gar-
çons !» En effet on prélève le soir, sur la recette de la matinée,
les frais d'une collation qui doit, à l'hospice civil, rassembler autour de la même table la bande des jeunes quêteurs.
De distance en distance on fait un accueil pareil aux différents dons. L'allégresse est générale ; seuls les pauvres
chevaux, qui s'en vont imprimant aux lourds mannequins
un régulier mouvement de roulis, semblent supporter,
sinon avec mauvaise grâce, du moins avec une douloureuse
résignation, le poids de la charité publique.

Il y a peu d'années que les notables de la ville, délégués
pour se joindre au cortége, le plateau d'argent du quêteur
à la main, enlevaient subrepticement des maisons où ils
pénétraient les vivres suspendus aux crocs des offices ; cette
manœuvre surannée était toujours applaudie avec un égal

succès par les gens du dehors; aussi se gardait-on bien
de ravir à ces lustigs l'innocente satisfaction de dévaliser
les garde-manger; seulement on les garnissait en consé-
quence. — Hélas ! ces traditions sont déjà loin de nous, et
le cortége de l'*Eguinané* va bientôt sans doute les rejoindre.
Nous l'avons cependant vu circuler le dernier jour de décembre 1853 : l'idiot était encore à son poste, mais ses rubans
semblaient dater d'un siècle; l'allure triomphante qui le
distinguait jadis avait disparu comme les galantes couleurs
qui ornaient son chapeau et sa canne, toute sa gloire et
toute sa richesse; le tambour de la garde nationale, unique
vestige d'une institution disparue, et déjà oubliée dans le
Finistère depuis le 2 décembre, battait, comme jadis et
avec la même monotonie, sa marche accoutumée; à sa
suite marquaient le pas, toujours enchaînés par leur devoir,
— toute dignité a ses épines, — le commissaire et les sergents; puis venaient, sous une bise acérée, une douzaine
d'enfants de l'hôpital, qui, les mains dans les poches jusqu'aux coudes, la tête dans les épaules jusqu'aux oreilles,
la face violacée, le nez écarlate, laissaient avec peine échapper, au signal de l'idiot, le cri en usage, haché par deux
mâchoires que le froid changeait en castagnettes. Enfin
cette décadence avait atteint même les chevaux, qui semblaient plus étiques et plus consternés que jamais. — Du
nombreux personnel des autres années il restait donc tout
juste, comme on le voit, les seuls êtres que la chose n'avait
jamais réjouis.

Il faut dire pourtant que la part des pauvres n'a pas di-
minué : bien au contraire. D'abord la collation du soir a été
supprimée; mais cette sage mesure a singulièrement re-

froidi le zèle des jeunes quêteurs, qui, ne s'attendant plus
à recueillir dans cette vie le prix de leur bonne action, ont
peu à peu déserté le cortége. Les tirelires sont aujourd'hui
portées à domicile un mois à l'avance, et ce sont des enfants de l'âge le plus tendre qui, conduits par une gouver-
nante, vont recevoir les offrandes pécuniaires. Les mères
saisissent le prétexte de ces visites pour attifer leur progé-
niture, et ces bambins, étonnamment précoces, devinent
et exploitent la tradition de leurs devanciers ; nous en avons
déjà vu se récrier quand, après avoir reçu l'aumône pour
les pauvres, ils ne percevaient pas pour eux-mêmes quelques friandises.

Personne ne se trouve donc lésé par ce changement,
personne, excepté certains rêveurs qui s'inquiètent de ce
que deviennent les vieilles coutumes, comme François Villon s'inquiétait « des neiges d'antan, » et Henri Heine, des
vieilles lunes ; — ou bien encore quelques esprits moroses,
qui trouvent un intérêt fort médiocre aux innovations des-
tinées à remplacer, dans un but identique, les anciens usages populaires, toujours si poétiquement colorés. Ceux-là
voient avec tristesse disparaître ces fêtes de leur jeunesse,
et songent dans leur cœur à cette ballade d'un barde du
pays de Cornouailles, où l'on représente le Breton berçant
avec des pleurs, la nuit, sur les montagnes, la poésie de
son pays, morte et ensevelie dans un coffret d'ivoire et d'or ;
comme un père qui, devenu fou de douleur, berce bien
longtemps encore le cadavre de son enfant bien-aimé.

II

Noël.

Durant la semaine de Noël, une mise en scène de la Nativité, qui ne brille pas précisément par sa nouveauté, puisqu'elle se reproduit tous les ans, s'empare néanmoins de la faveur populaire. La voici telle qu'on peut la voir dans certaines églises du Finistère. — Sur une estrade élevée, une sorte de grotte construite en guirlandes de lierre toutes constellées de clinquant, et portant à sa partie supérieure cette légende : *Gloria in excelsis Deo*, figure une étable que caractérise plus sérieusement le ratelier et l'auge, l'âne et le bœuf, placés au dernier plan. La vierge Marie occupe le milieu de la scène, tenant sur ses genoux le divin Nouveau-Né ; saint Joseph est auprès d'elle ; les Mages, au nombre desquels le nègre Melchior, vêtu de satin blanc, obtient surtout un succès de curiosité vraiment particulier, rendent hommage, et offrent des joyaux et des parfums au Roi des rois ; puis, debout le long des parois latérales, sont rangés alternativement des bergers et des bergères, portant les différents costumes bretons actuels en usage les jours de gala ; tous tiennent en main une houlette enrubannée ou des paniers tout remplis des denrées qui figurent sur nos marchés quotidiens. Anachronisme à part, ces poupées bretonnes sont vêtues, avec un scrupuleux respect de la couleur locale. — Une barrière placée en avant de l'estrade contient la foule empressée. Toutes les classes de la société se coudoient à ce pèlerinage pieux, que l'on ne saurait terminer sans déposer sur un plateau voisin une aumône pour les pauvres nouveau-nés, et sans embrasser une image peinte du bon Jésus, que les baisers de la multitude ont décolorée et rendue tout humide.

La veille de la grande solennité chrétienne, à la nuit close, un bruit inaccoutumé remplit les rues de nos petites villes, ordinairement silencieuses après *l'Angélus* du soir. Ce sont des mendiants qui, souvent réunis en associations pour la circonstance, les hommes besace au dos, les femmes encapuchonnées dans leur mante, s'en vont avec grand fracas de sabots sur le pavé chanter de porte en porte des complaintes ou des noëls français et bretons. Dans ces chants populaires, où l'assonance remplace la rime, où le récit chemine péniblement, tant les vers répétés et la longueur des refrains l'empêchent dans sa course, on chercherait en vain cette vigueur d'expressions, ce luxe d'images, cette mélancolie douloureuse et passionnée qui distinguent à un si haut degré le recueil que nous devons aux habiles et opiniâtres recherches de M. de La Villemarqué. Quelquefois néanmoins certaines strophes naïves et originales viennent récompenser celui qui, durant une soirée, a bien voulu prêter une oreille complaisante à un nombre infini de platitudes. — Nous voudrions bien, en dépit des lignes qui précèdent, donner au lecteur un spécimen de ces chants populaires; mais nos souvenirs, que nous interrogeons à cet effet, nous servent assez mal.

Nous y trouvons seulement trois noëls dont les différents titres à l'intérêt n'existent peut-être que pour nous.

— Le premier, œuvre triviale de quelque Villon du ruisseau, célèbre les joies et les ripailles du réveillon ; il est farci de jambons, de tripes et d'andouilles ; on dirait les aspirations et les convoitises de quelque bohème du moyen âge en extase devant « l'escorcherie de la Gloriette. » Le second est une complainte de sainte Catherine, qui se chante sur un mineur des plus lamentables ; c'est un soporifique employé par les nourrices bretonnes avec un succès sans égal pour triompher de l'insomnie des marmots braillards :

> Mon père était païen
> Ma mère n'était pas (*païenne*),
> Un soir à la prière,
> Mon père me trouva....

Indignation du père : il accable Catherine d'invectives ; les supplications de son épouse chrétienne exaltent encore la fureur de ce forcené : il se fait apporter une hache et frappe le coup mortel qui met au front de la jeune martyre l'éternelle auréole des élus. — Le troisième enfin nous causait jadis une déception que l'on va comprendre. — L'âme d'un juste, affranchie des misères de cette vie, arrive sur l'aile de l'ange gardien au séjour des bienheureux ; saint Pierre lui ouvre la porte du Paradis, elle entre. — Trente couplets environ nous ont mené à ce point du récit. — Le noël continue :

> Les anges étaient à table,
> Vive Jésus!

Ces vers, deux fois répétés, mettaient naturellement notre imagination en émoi. Qu'allaient, en effet, devenir, devant le menu d'un festin céleste, les rochers de sucre candi, les nuages de crème à la vanille, les rivières d'ambroisie, et tout ce dénombrement de friandises qui nous avait tant charmé dans le *Voyage à l'île des Plaisirs* de Fénelon? Mais la suite du couplet nous apportait un véritable mécompte :

> Les anges étaient à table,
> Chantant le *Gloria*
> *Ave Maria !*

Ainsi finit ce noël, ou plutôt là s'est arrêté le barde chrétien. Pris sans doute de vertige lorsque les yeux de sa pensée se sont ouverts sur les splendeurs de l'Éternel, il ne s'est plus inquiété de nous dire pourquoi les anges étaient à table. — Si l'encens est la nourriture céleste; si l'amour et l'harmonie sont les sources auxquelles s'abreuvent les séraphins, à quoi bon cette table? serait-ce un symbole? une allusion à la sainte table? Décidément ce meuble serait-il en effet doué de quelque privilège sacré? Nous faudra-t-il regretter un jour d'avoir irrévérencieusement parlé des tables tournantes et fatidiques? — Tels qu'ils sont enfin, ces noëls émerveillent le naïf auditoire auquel ils s'adressent; les enfants, heureux de saisir toutes les occasions d'exercer la charité, amassent durant le jour un trésor de gros sous, destiné à récompenser chez les chanteurs le zèle à défaut du talent; et l'heure venue, ils obéissent sans y prendre garde au précepte divin : *Pax hominibus bonæ voluntatis !*

III

Le dimanche de la Quasimodo.

Le dimanche de la Quasimodo ramène annuellement depuis des siècles, dans la plupart des villes et des villages de la basse Bretagne, un singulier usage. Cet usage consiste à casser dans les rues, après vêpres, les vases de terre que l'année a mis hors de service. — Toute la poterie de rebut, cruches étoilées, pots à l'eau égueulés, jarres ébréchées, vases de toute nature enfin, pourvu que la matière qui les compose soit fragile, sortent des arrière-cuisines, et sont livrés aux gamins qui les réclament; ceux-ci, séparés par bandes, inventent alors mille jeux, dont l'invariable résultat est de mettre en pièces, en faisant durer le plaisir le plus longtemps possible, les vases hétéroclites qu'ils sont parvenus à collectionner en ce bienheureux jour. Les hommes, les femmes même ne dédaignent pas de s'associer à cette bizarre récréation du *far niente* dominical, et les praticiens émérites en relèvent la vulgarité au moyen de raffinements qui ne manquent pas d'intérêt. La *Quasimodo*, — on nomme ainsi cette Saint-Barthélemy des vieux vases, — s'accomplit de différentes façons. Souvent une douzaine d'individus placés en cercle, et laissant entre eux un certain intervalle, se jettent à la ronde, — nous

pourrions presque ajouter : et à la tête, des pots de
terre d'un poids fort sérieux. La chose serait des plus
innocentes si l'on apportait à sa pratique une attention
scrupuleuse et une bonne foi désirable ; mais certaines
supercheries assez brutales viennent parfois ensanglanter
le théâtre de cet exercice. C'est, par exemple, un pot qui,
lancé à l'improviste et avec brusquerie, vient rencontrer
l'un des partenaires et lui faire cruellement expier la plus
passagère distraction ; ou bien encore, c'est un projectile
du même genre qui, retombant comme une bombe d'une
grande hauteur, se brise entre les bras du joueur courageux
qui, présumant trop de son adresse, tente de l'arrêter dans
sa chute rapide. Les éclats de grès lui laissent alors aux
mains ou au visage une entaille dont pourraient s'inquiéter
à bon droit les hommes les moins accessibles à la douleur.
— De pareils inconvénients, loin d'ôter de sa faveur au jeu
de la Quasimodo, semblent au contraire augmenter son
attrait, surtout parmi les rudes habitants des campagnes,
où l'on peut constater que les huées de l'assistance n'ont
jamais pour objet un excès de témérité punie, mais bien
le prudent retrait de corps du joueur qui, se souciant peu
de sauvegarder son amour-propre aux dépens de son
individu, préfère laisser un vase tombant de haut voler
en éclats à ses pieds.

Voici une scène de la Quasimodo telle que nous avons
pu la voir dans un village du Finistère par un joyeux soir
de printemps. — Un paysan, un bandeau sur les yeux et
armé d'un bâton, a été placé à vingt ou trente pas en face
d'une cruche suspendue à hauteur d'homme. Parti à un
signal donné, il profite du droit qu'on lui reconnaît de

compter ses pas, et s'avance dans la direction qu'il juge la meilleure ; mais il ne doit relever son bâton que pour frapper un seul coup : s'il rencontre le vide, huées et quolibets ne lui feront pas faute : si, au contraire, il réussit à briser le vase condamné, les applaudissements salueront l'habileté de ses combinaisons. Bien des joueurs, se fiant à leur perspicacité ou à leur savoir-faire, s'engagent à toucher le but avant un nombre déterminé de carrières ; la galerie base aussitôt des paris sur cette prétention, et, le cabaret voisin engloutissant presque toujours les enjeux, il n'est pas rare que, mis en belle humeur et se sentant la main faite, les joueurs ne continuent sur les verres et les bouteilles le carnage commencé sur une vaisselle de rebut.

Les gamins des villes, qui surtout ont la bosse de la destruction, ne sauraient manquer de trouver un attrait supérieur à ce divertissement ; aussi les rues sont-elles, au coucher du soleil, jonchées de débris de faïence de toutes les couleurs : on dirait les matériaux d'une mosaïque ravagée.

Il nous paraît convenable de ne pas nous borner à constater l'existence encore pleine de séve d'un vieil usage ; aussi avons-nous voulu en rechercher le motif et l'origine, et dans ce but nous avons eu recours aux lumières d'un bel esprit de village, zélé entre tous les joueurs. — « Dam ! a-t-il fait, il y a comme ça bien des choses que la religion ordonne sans en dire le pourquoi : ce qu'il y a de bien sûr, c'est que quasimodo *veut dire : casse les pots*, et, foi de Dieu ! je les casse ! » — Comme cette réponse, malgré son charme pittoresque, pourrait sembler au lecleur médiocrement satisfaisante, nous la ferons suivre d'une opinion donnée par Cambry, au deuxième chapitre de son *Voyage dans le Finistère :* « On chercherait en vain chez nos aïeux la trace de ce jeu bizarre, qui me paraît dériver d'une coutume des Juifs obligés de renouveler chaque année les vases dont ils s'étaient servis. »

IV.

La Fête-Dieu.

Ce jour là ne vous semble-t-il pas favorisé entre tous? — « La terre s'éveille, — belle et parée au souffle du printemps; — Dieu, d'un sourire, a béni la nature! » — Le ciel est bleu comme les iris, comme les pervenches, ces filles bien-aimées du mois de juin; les arbres ont encore leur première, leur plus fraîche verdure; les jardins et les champs sont à l'apogée de leur floraison. Aussi voit-on affluer dans les villes de la basse Bretagne d'énormes corbeilles toutes remplies d'une mixture étincelante et embaumée. On a dépouillé les prés de leurs fleurettes, les ajoncs et les genêts de leur riche parure d'or, les digitales et les jacinthes de leurs clochettes roses et bleues. — Les parterres ont aussi apporté leur contingent de guirlandes, et les serres leurs merveilles exotiques aux différents repo-

soirs, et l'ornementation de ces chapelles éphémères a,
bien longtemps à l'avance, préoccupé les sociétés de
dévotes, qui, animées d'un zèle saintement jaloux, cha-
cune pour l'honneur de son quartier, cherchent à l'emporter
en élégance sur les chapelles des quartiers voisins.

Voici l'heure de la procession. Des draperies blanches,
rehaussées de bouquets, voilent la façade des maisons; le
pavé disparaît sous une litière de roseaux, dont on éparpille les gerbes venues des campagnes environnantes; sur
ce tapis de verdure, les fleurs, semées à pleines mains,
tracent une route émaillée: — Les joyeuses volées des ca-
rillons planent sur la ville, les hymnes sacrées s'élèvent
confusément au loin, mêlées aux accords d'une musique
mélodieuse, tandis que le tambour des postes militaires
bat aux champs. — Bientôt les croix de vermeil et d'argent,
les bannières clinquantées et frangées d'or, s'avancent do-
minant la multitude empressée; puis viennent les chantres
et le clergé, étalant au grand soleil dalmatiques et cha-
subles, toutes les étoffes lamées, fleuries, pailletées,
étoilées de cannetille et de filigrane du vestiaire ecclésias-
tique; puis enfin s'avance un groupe nombreux de thuri-
féraires, lançant avec un irréprochable ensemble leurs en-
censoirs, dont la bouche en feu souffle des bouffées
odorantes au front du dais aux blancs panaches. — Mais
ce qui nous semble distinguer surtout les processions bretonnes, c'est la radieuse et turbulente phalange des
chérubins; environ cinquante enfants de trois à cinq ans,
attifés avec amour par leur mère. Tous portent une
perruque blonde et bouclée couronnée de roses; tous sont
vêtus de blanc; corsage de satin criblé de paillettes et

bordé de clinquant, avec une croix rouge sur la poitrine et des ailes aux omoplates ; jupon de gaze très-court, parsemé de roses, maillot couleur de chair et petits souliers de satin brodés de filigrane. — Le divin *bambino* des riches reliquaires n'est pas plus coquettement vêtu. — Tous tiennent en main une corbeille remplie de fleurs effeuillées qu'ils lancent incessamment comme s'ils donnaient l'essor à des myriades de papillons multicolores. Derrière eux s'avance l'archange Michel, l'épée haute et menaçante ; il porte un casque d'or au cimier ondoyant, quelquefois une cuirasse ; mais, le plus souvent, son costume est à peu près celui d'un troubadour de pendule. A son côté marche le Précurseur, saint Jean, vêtu d'une peau de mouton, guidant d'une main une brebis sans tache, élevant, de l'autre, une croix latine rouge et ornée de bandelettes ; puis l'on voit venir, sévèrement drapée dans la bure, le front couronné d'aubépine et courbé sous le poids des remords, la chevelure éparse mais splendide, comme au jour où ses ondes soyeuses essuyèrent le nard répandu sur les pieds du Sauveur, Marie-Madeleine, la tendre pécheresse ; elle porte un crucifix et une tête de mort sur laquelle semble rivé son regard, indifférent aux choses de ce monde [1]. — Le cortège défile solennellement sous une pluie de fleurs qui tombent des fenêtres ; une foule pieuse le suit à flots pressés en chantant des litanies ; une foule curieuse et moins recueillie stationne aux carrefours et forme la haie sur son passage. — Une sorte de sérénité

[1] Brest est l'une des rares localités bretonnes qui conservent encore le personnage de Marie-Madeleine.

s'épanouit dans la physionomie de cette population endi-
manchée; on dirait qu'elle a déposé avec ses vêtements de
fatigue ses soucis quotidiens... — L'air, saturé d'encens
et de senteurs violentes qu'exhale la fraîche verdure ré-
cemment écrasée, vous enivre et vous prédispose mer-
veilleusement à subir certaine mystérieuse influence, qui,
sous sa rosée consolante, fait, en ce jour d'allégresse
chrétienne, refleurir dans bien des cœurs les plus douces
et les plus saintes croyances du jeune âge.

(*Illustration.*)

LES
PÈLERINS DE SAINT-ÉLOI

—

LES FEUX DE LA SAINT-JEAN

A S... R***

I

Près du bourg de Ploudaniel, et à quelques kilomètres
de Lesneven, en basse Bretagne, on rencontre, au bord
de la route impériale, paisiblement assise dans l'ombre
noire des hêtres, des châtaigniers et des sapins, une
humble église de campagne, placée sous l'invocation de
saint Éloi. — La flèche de granit de son clocher, aux
arêtes dentelées, surgit comme un obélisque de la fraîche
oasis qui l'enserre, et ses cloches oisives, à moins de cir-
constances très-exceptionnelles, n'effarouchent guère les
amoureux ébats des ramiers qui, durant la saison chaude,

remplissent les hautes cimes environnantes de roucoule-
ments et de frissons d'aile. Au pied de ces arbres, où la vie
murmure dans la sève, s'épanouit sur les rameaux, pal-
pite, bourdonne et jaillit en fusées joyeuses du feuillage,
des pierres tombales incrustent leurs rectangles au milieu
des gazons, d'où surgissent aussi des croix de pierre,
frustes et mutilées; puis, un peu plus loin, en dehors du
petit mur qui entoure ce cimetière aujourd'hui abandonné,
un auvent d'ardoises posé sur des poteaux abrite une table
où, près d'un tronc, se tient debout, crosse en main,
mitre en tête, sculptée à coups de hache et badigeonnée
à coups de balai, une image de saint Éloi, dont la
benoîte physionomie réveille naturellement dans l'esprit
le vieux refrain auquel le conseiller du bon roi Dagobert
doit bien plus qu'à son énergie de ministre, l'éclat de sa
popularité.

Le 23 juin 1853, nous assistions, des hauteurs de
Saint-Éloi, à la dernière lutte des vapeurs nocturnes contre
la lumière, et au triomphant lever du soleil, qui, après
avoir refoulé les moelleuses courtines roses de son lit d'or,
remplissait l'orient de gerbes éclatantes. — Bien que l'intérêt que nous prenions à ce spectacle nous procurât une
fois encore la satisfaction de nous reconnaître au moins
cette communauté de sentiments avec ceux qui furent
toujours vertueux, il faut pourtant avouer que ce n'était
pas précisément pour voir lever l'aurore que nous étions
venus là. Connaissant l'intérêt que tu portes aux scènes
du pays de ton enfance, je voulais te signaler une cérémonie curieuse dont Saint-Éloi est chaque année le théâtre à
la même époque; seulement, grâce à un excès de zèle qui

nous avait fait devancer l'heure de cette cérémonie, nous avions joui d'un spectacle qui ne nous a pas encore blasé ; et nous pouvions en outre parcourir du regard le pays d'alentour, où commençait à se produire le mouvement qui bientôt devait accaparer notre attention. La matinée était radieuse et nous promettait un de ces jours favorisés du ciel, trop rares en basse Bretagne pour n'être pas à eux seuls déjà de véritables fêtes. Sous nos yeux se développait un vaste paysage inondé de lumière blonde. Le trèfle incarnat y jetait des tapis de pourpre, des foins à demi fauchés embaumaient l'air, et des fermes, dont la plus considérable, qui envahit de ses cultures une plaine aride, garde, par antiphrase sans doute, le nom de *Loc ar brug* [1], étalaient des champs de blé d'un vert, à faire naître dans l'âme les plus consolantes espérances après une année de disette. A l'opposite, les genêts et les landes s'étendaient si chargés de fleurs d'or, que Jupiter se rendant chez Danaé ne dut pas marquer plus brillamment sa trace. A toutes les distances, jusqu'aux confins de l'horizon, des « clochers silencieux montrant du doigt le ciel, » suivant l'heureuse expression d'un poëte, marquaient les villes et les villages du pays de Léon et de Cornouailles. Trois d'entre eux s'élevaient près de nous : celui de Ploudaniel, si svelte avant d'avoir été décapité par la foudre, la tour trapue de Lesneven et la flèche élancée de l'église du Folgoët, cette petite merveille de l'art du quatorzième siècle, qui malheureusement laisse pleuvoir chaque jour, comme un arbre ses fruits mûrs, quelque fin joyau de sa

[1] Lieu de la bruyère.

parure de granit ciselé [1]. Au pied des montagnes qui bornent l'horizon au sud-est, une longue bande de brouillards indiquait le cours de la rivière d'Elorn et venait aboutir à la tour féodale de la Roche-Morice, nid de vautours, hanté jadis, suivant un naïf et véridique historien, par des francs seigneurs, qui fondaient sur la route voisine pour rançonner les passants et enlever leurs femmes *quand elles étaient jolies.* Enfin, sur les grands chemins fauves et dans les sentiers creux qui convergeaient à Saint-Éloi, l'on voyait arriver, soulevant à flots la poussière, des chevaux de différentes races et de toutes les couleurs, ceux-ci débonnairement attachés par la queue en longues files, ceux-là conduits par des cavaliers assis les deux jambes pendantes sur le même flanc; d'autres, plus intraitables, l'œil en feu, le crin échevelé, l'allure inquiète, inondés de sueur, s'avançaient frémissants sous la permanente menace du bâton levé de leur conducteur, et venaient grossir autour de l'église des groupes tumultueux où le bruit des sabots qui martelaient le sol s'unissait à des fanfares de hennissements.

Ce concours de bêtes de somme était causé par l'attente d'une messe annuelle destinée à faire descendre les faveurs de saint Éloi sur les chevaux présents à sa célébration. —

---

[1] Cédant à des demandes réitérées, le conseil général du Finistère a voté quelques sommes qui ont été employées, dans l'église du Folgoët, à certaines réparations urgentes. — Le maire de Ploudaniel, M. le de marquis de Coëtlogon, animé d'un triple zèle d'artiste, de Breton et de chrétien a publié sur le Folgoët un travail consciencieux et intéressant, qui contribuera, il faut l'espérer, à faire connaître les titres de ce monument à la sollicitude de l'administration.

D'après la légende, saint Éloi, qui tint si glorieusement le poinson de l'orfèvre, mania dans le principe les lourdes croches du maréchal ferrant, et doit à ce premier état d'être honoré comme le patron des chevaux. C'est à ce titre que tous ses clients à quatre pieds viennent, le 23 juin, lui rendre hommage. — « Saint Éloi vous assiste! » dit, en tirant son chapeau, tout vrai Breton qui voit bâiller son cheval. Bien que ce soit à peu près le seul souvenir qu'il paraisse donner au grand saint durant l'année, il regarderait presque comme un sacrilège d'employer ses bêtes à un travail utile le jour consacré au pèlerinage dont nous parlons. Seulement, d'après une croyance assez commune, les pèlerins se trouvant par une protection spéciale à l'abri des maléfices et des maladies jusqu'au coucher du soleil, certains valets de ferme ne se font pas faute d'expérimenter cette grâce d'état en se livrant à des courses effrénées et à d'autres violentes prouesses d'équitation, le tout à la plus grande gloire du saint.

L'heure de la messe était venue : les cloches, sous l'effort énergique des paysans qui s'étaient disputé l'honneur de les mettre en branle, faisaient vibrer la tour et s'élançaient éperdues comme pour suivre leurs sons. Nous descendîmes pour voir de près l'épisode que je vais essayer de retracer. — Chaque nouvel arrivant conduisait sa monture jusqu'à la statue de saint Éloi, et là lui levant le sabot d'une main, lui tirant la bride de l'autre, il la contraignait à faire une sorte de salut. Les plus habiles accomplissaient cette formalité sans mettre pied à terre ; et tous après avoir déposé dans le tronc quelques vieux sous, se dirigeaient vers l'église, dont ils faisaient trois fois le tour ; laissant

ensuite leurs chevaux sous la garde d'une personne con-
nue, ils entraient dans le sanctuaire, récitaient, agenouil-
lés sur les dalles, une oraison de circonstance, et venaient
déposer au pied de l'autel un paquet de crin arraché partie à la queue, partie à la crinière de chacun de leurs
chevaux. — Cette offrande, qui semble au premier abord
assez insignifiante, produit pourtant après les deux jours
consacrés au pèlerinage, des paquets de crin dont la vente
rapporte année moyenne à l'église une somme de huit cents
francs, qui, jointe aux dons pécuniaires, a parfois élevé au
chiffre de quinze cents francs les recettes de saint Éloi.

Les types et les costumes des campagnards accourus de
dix lieues à la ronde pour assister à cette messe propitia-
toire ne manquaient pas non plus d'intérêt. — Les habitants des côtes, ceux de Kerlouan, ceux de Plouguerneau,
ceux de Guisseny, montraient les uns à l'abri du capuchon,
les autres sous le bonnet *glas*[1], un visage tour à tour brûlé
par le soleil et rougi par l'âpre vent de la mer ; leur
physionomie farouche, aussi bien que leur costume, offrait
un contraste curieux avec l'expression placide des fermiers
de Ploudaniel, de Saint-Tégonnec et des environs de Mor-
laix, vêtus encore de nos jours à peu près comme au temps
de Louis XIV. Les montagnards de la Feuillée et des soli-
tudes de l'Arès, pâles, soucieux, méditatifs comme des
gens habitués à vivre isolés, portaient un habit noir ou
chiné de couleurs sombres, que relève une simple ganse
verte ; une ceinture de cuir fauve leur sanglait la taille ;
une culotte de toile se tordait en spirale autour de leurs

[1] Sorte de calotte grecque en drap bleu.

jambes grêles, dont la partie inférieure, serrée par une guêtre, venait aboutir à d'énormes sabots taillés en boule. Leurs voisins de Carhaix, enjoués, communicatifs, pétulants, avaient une mise conforme à leur caractère : c'était un habit galonné de bleu, et un pantalon collant fermé par une garniture de boutons argentés montant au-dessus du genou. On remarquait aussi les beaux de Pont-l'Abbé, aux vestes courtes, frangées de laines de couleur, aux gilets bordés aux cols de nombreux passements, aux pantalons formés de tuyaux d'étoffe, assez larges pour cacher le pied et pour loger des jambes d'éléphant ; puis c'étaient encore les chapeaux ornés d'un triple tour de chenille bigarrée, de torsades de cannetille et de plumes de paon des gens du Faou et de ses environs, et les bonnets bruns de ceux de Plounéventer, et les bonnets phrygiens couleur de pourpre de ceux de Plougastel. A toutes les bouches se montrait une pipe assez courte et assez épaisse pour défier les chocs ; à tous les poignets se balançait, suspendu par une lanière de cuir, le pen-bas, inséparable compagnon des paysans du Finistère. — Nous ne disons rien des femmes ; elles y étaient en petit nombre, et leur costume n'avait aucun caractère : mais pour compléter ce dénombrement de l'assemblée, il nous faut parler de l'inévitable accessoire de toutes les fêtes et de tous les pardons de la basse Bretagne, de ces groupes de mendiants étalant au bord des chemins leurs hideuses guenilles et leurs infirmités repoussantes. — Nous avons vu dans bien des pays des gueux cruellement maléficiés, des nègres lépreux aux Antilles, des victimes du pian au Brésil et de l'éléphantiasis à Taïti, sans que le douloureux spectacle de ces misères

exotiques nous ait fait éprouver l'impression de navrante
pitié, mais aussi de dégoût et d'horreur, que nous avons
ressentie chaque fois qu'aux abords d'une fête bretonne,
il nous a fallu traverser la double haie de misérables offrant
le spécimen des maux les plus révoltants et des plus étranges laideurs. — Il y avait là des gueux singeant sans y
prendre garde, les fantaisies de Callot et les incroyables
caprices de Goya. Les uns avaient le corps çà et là entor-
tillé de loques et de lambeaux si désunis, que, déposés un
instant, par leur possesseur, leur usage serait devenu énig-
matique même pour le truand le plus ingénieux. Un autre,
couché sur une paillasse qui crevait de toute part, avançait
vers les passants une jambe phlogosée et rongée par un
ulcère comme une bûche par le feu. Un aveugle au visage
couturé, plissé, criblé de trous comme un dé à coudre,
roulait des yeux semblables à des billes d'agathe blanche,
et sa bouche sans lèvres s'ouvrait hérissée de dents farou-
ches et désordonnées ; enfin un idiot jaune-citron poussait
des cris bizarres et saupoudrait de poussière son crâne chauve
et pointu, près d'un cul-de-jatte qui, juché sur un escabeau,
défiait en laideur les plus grimaçantes idoles de l'Océanie.
Toutes les mains tendaient suppliantes des sébiles de bois
ou des coquilles de Saint-Jacques, toutes les bouches répé-
taient sur des tons étranges les dolentes formules bretonnes de la mendicité, et des voix aiguës chantaient d'inter-
minables noëls, que des voix grondeuses comme celles de
la contre-basse accompagnaient en psalmodiant des prières
suivant la coutume du pays.

Après avoir assisté à la messe, au dépôt des offrandes au
pied de l'autel, à la procession des chevaux dans le cime-

tière et à leurs génuflexions devant la statue ; après être
resté deux heures sous le soleil, prisant et mâchant de la
poussière, pour la simple satisfaction de voir des chevaux
venir toucher barres à saint Éloi et nous tourner le dos,
nous commençâmes à trouver un charme fort modéré à ce
spectacle qui devait durer deux jours sans la moindre péri-
pétie ; aussi nous parut-il convenable de rejoindre nos
montures et de pousser jusqu'à Ploudaniel, dans le double
but d'y déjeuner et de visiter, aux environs, un pays réputé
excellent pour la chasse.

En quittant l'enclos de l'église, nous avisâmes un paysan
qui s'occupait à loger un échantillon de sa chevelure entre
les pierres déchaussées de la muraille, calfatée déjà en
plusieurs endroits par de nombreux petits dépôts sordides
de la même espèce. Nous sûmes plus tard que cette opé-
ration, accompagnée d'une patenôtre, est toute-puissante
pour conjurer les maladies du cuir chevelu.

II

Nous partîmes ; les promesses de la matinée se réali-
saient : il faisait un temps de Fête-Dieu, une de ces bien-
heureuses journées par lesquelles on sent tressaillir dans
son cœur tout ce qu'il peut contenir encore de joie et de
jeunesse ; l'azur du ciel faisait rêver de fleurs d'iris, de
pervenches. Le cri strident du grillon sortait de l'herbe,
les abeilles plongeaient bourdonnantes au calice rose des
digitales, et l'alouette, perdue dans le ciel, gazouillait à
plein gosier cette chanson dont s'est tant préoccupée la

poésie imitative. — La route de Saint-Éloi à Ploudaniel n'offre guère de distractions à celui qui la parcourt ; elle est bordée de fossés tout hérissés de landes et de ronces, ouverts de temps à autre sur des chemins à l'angle desquels se dresse une croix de pierre, sur des prairies mamelonnées de petits tas de foin et sur des champs où les légumes rayent de lignes vertes et parrallèles le fond noir des terres labourées. En entrant à Ploudaniel nous rencontrâmes une noce de campagne qui se rendait à sa destination, biniou et bombarde en tête ; plusieurs couples se tenaient accrochés par le petit doigt, tous les conviés portaient à la boutonnière un nœud de faveurs roses et blanches. L'époux était radieux, et pourtant la mariée avait une de ces faces qu'on ne peut accepter pour humaine que par un sentiment de pure courtoisie. — Ploudaniel est un bourg d'une physionomie toute bretonne, en ce sens qu'il compte à peu près un cabaret par maison, comme l'indique le bouquet de lierre placé au front des façades. L'église ouvre sur le cimetière ses portiques d'un aspect assez agréable, et vis-à-vis s'élève un reliquaire de la renaissance, où les habitants ont, sans arrière-pensée, enchâssé leur mairie et leur conseil municipal. La population paraissait ce jour-là fort empressée autour d'un étalagiste qui vendait à la criée quelques ustensiles de ménage, des affiquets de toilette et des jouets. L'auvent de sa baraque était frangé de chapelets, de rubans lamés, de lacets roses et de grappes de boutons. Le rebut des fabriques de Quimper, cette faïence grossière diaprée de fleurs sans nom, ces pichets, ces écuelles, ces bénitiers de forme laide, étaient suspendus aux cloisons intérieures ; sur la table on voyait, pêle-mêle, des eustaches au pied bariolé, des sifflets d'étain en forme de clochers gothiques, surmontés d'un tourniquet que le souffle fait mouvoir, des bagues de plomb incrustées de clinquant et de larges épinglettes où des grains de verre de couleur alternent, enfilés sur un rectangle de fil de laiton, avec de petites houppes de laine écarlate qui donnent à ce modeste bijou breton un caractère des plus arabes. Nous achetâmes des couteaux à manche de cuivre avec un Bonaparte en relief, bruni sur fond mat, et, pour les utiliser au plus vite, nous allâmes nous attabler dans un cabaret borgne où nous avions laissé nos chevaux.

Cabaret borgne ! Cette épithète est d'autant plus juste, qu'un rayon de soleil où tourbillonnaient les atomes entrait brusquement par une lucarne unique, éclairait l'extrémité d'une table placée entre deux lits clos, et laissait tout le reste de l'appartement dans une demi-obscurité, où les arêtes vernies et sculptées des meubles apparaissaient vaguement. La maîtresse du logis, prévenue depuis une demi-heure, était à l'œuvre dans la pièce voisine, et se livrait, comme César, à diverses opérations à la fois. Accroupie devant une cheminée, où, d'un côté, des fèves au lard mijotaient dans une casserole, où, de l'autre, du beurre frais fredonnait à des œufs à moitié frits sa complainte grésillante, notre hôtesse, armée d'un petit râteau, étalait sur une plaque de fonte des cuillerées de pâte liquide, qui, transformées en crêpes et prestement enlevées au moyen d'une batte d'arlequin, venaient grossir une pile de larges galettes blondes, posée sur une serviette blanche. Ces diverses préparations concoururent à composer un repas qui avait surtout ce *furieux advantage de l'opportunité* dont parle Montaigne. En effet, notre appétit, aiguillonné par l'absinthe de l'exercice et du grand air, eût affronté sans hésitation le plat de lentilles de la Bible et le classique brouet noir. Nous fîmes donc fête à la cuisine bretonne, et, réconfortés à souhait, nous nous remîmes en route. — En sortant de Ploudaniel, nous traversâmes une campagne plate, inculte, marécageuse. Cette végétation des lieux humides, où le jonc et la prêle tiennent une si grande place, la couvre dans presque toute son étendue ; des arbres au feuillage sombre en marquent au loin la limite. Les parties solides du terrain sont indiquées çà et là par des rochers blancs, qui percent le sol et semblent des troupeaux endormis à l'ombre de quelques buissons de landes, de genêts et de ronces venus là par mégarde. Le paysage, aux tons roux et vert glauque, fait éprouver un sentiment de tristesse qui se dissipe bientôt, si toutefois on s'y aventure avec le plus médiocre instinct du chasseur. Partout le long de petits sentiers, les lièvres, pour faire foi de leur passage, ont apposé sur la glaise les trois piqûres de leur griffe, et des bandes d'oiseaux aquatiques tiennent sur l'herbe rase leurs conciliabules, avec la gravité d'Arabes groupés autour d'un conteur. La parfaite intuition de nos règlements cynégétiques peut seule leur inspirer cette sécurité dont ils font parade ; il fallait, en quelque sorte, mettre le pied sur les pluviers et les vanneaux pour les contraindre à s'effaroucher un peu ; encore ne s'envolaient-ils que par manière d'acquit, et pour revenir presque aussitôt à la même place, en montrant moins d'effroi que d'étonnement de cette violation inusitée de leurs domaines avant l'ouverture de la chasse.

Le reste de notre promenade ne nous offrit plus que des incidents d'un intérêt trop relatif pour qu'il nous paraisse convenable de nous y arrêter longuement. — S'enfoncer dans les chemins creux, sous la voûte fraîche et verte des coudriers, longer des haies d'épines où les brindilles vagabondes du chèvrefeuille circulent chargées de pénétrantes senteurs, respirer le doux arome de la fève de tonquin qui sort des prairies pendant la fenaison, écouter le bruyant caquetage des pies et des geais, tandis qu'un pivert trouble-fête, cognant un tronc d'arbre avec son bec, semble un maître d'école qui rappelle à l'ordre son turbulent entourage, se reposer sur les gazons au pied des grands hêtres, d'où tombent à intervalles réguliers les deux notes invariables d'un coucou qui vous rappelle cette persévérance des nègres à chanter aussi les mêmes syllabes durant des heures entières ; tous ces détails, notés en chemin, ne sont guère particuliers à une promenade dans la campagne bretonne ; aussi n'en poursuivrons-nous pas l'énumération, et conduirons-nous brusquement le lecteur au soir de ce même jour, pour lui mettre sous les yeux une scène plus caractéristique du pays.

III

Revenus à Ploudaniel, nous avions quitté ce bourg après un dîner qui fut à peu près la deuxième édition, légèrement augmentée, de notre premier repas. Quand nous traversâmes Saint-Éloi, la nuit était sombre en dépit des myriades d'étoiles qui pailletaient le ciel ; la petite église, centre du mouvement de la matinée, dormait dans les ténèbres du feuillage ; une conversation de paysans attardés et ivres, sortait éructante et nasillarde de l'intérieur d'un bouchon, et deux femmes assises sur le pas d'une porte chantaient avec un sentiment musical assez négatif une ronde populaire :

> Me ne zin quet d'ober ar lez,
> Rac'ne meus quet boutou nevez [1].

Familier à notre enfance, mais oublié depuis longues années, ce refrain se reprit à tourbillonner dans notre mémoire avec une telle opiniâtreté, que, répété, fredonné, sifflé tour à tour et sans trêve par chacun de nous durant le reste du chemin, il nous devint, la chose est naturelle, très particulièrement odieux.

. . . . . C'était la veille de la Saint-Jean, et l'heure où la campagne du Finistère, pour se préparer à cette solennité, allume des feux de joie en commémoration du bûcher dressé pour le martyre du saint, et renversé par un miracle [2]. De loin en loin déjà nous avions aperçu vaguement des lueurs rougeâtres à travers les arbres ; mais, quand nous atteignîmes un point de la route d'où la vue embrasse la vallée d'Elorn, une douzaine de feux se mon-

---

[1] Je n'irai pas faire la cour, — parce que je n'ai pas de souliers neufs.

[2] Voir, pour de plus amples détails, le *Voyage dans le Finistère*, par M. E. Souvestre.

trèrent tout à coup semblables à des phares à éclats, au flanc et sur la crête des collines. L'un d'eux brûlait près du chemin, au centre d'un carrefour où s'élevait une croix de granit. Les langues rouges de la flamme perçaient le genêt et la lande des fagots empilés en cône ; le bois vert éclatait sous l'étreinte ardente, et chassait au loin des charbons incandescents ; des tourbillons de fumée fauve, où dansait joyeusement l'or des flamèches, s'enroulaient le long d'une haute perche de bois vert couronnée de fleurs, qui forme l'axe de tout feu de joie. — Çà et là des enfants décrivaient dans les ténèbres de lumineux parafes en brandissant un bâton à l'extrémité duquel flamboyait un tampon d'étoffe enduite de brai, et leurs évolutions étourdies causaient aux femmes une défiance que justifiait suffisamment l'admonestation adressée par un vieux paysan à un affreux gnome qui avait failli l'incendier vif. — Groupés, par un heureux hasard, dans de pittoresques attitudes, les spectateurs se profilaient sur le feu ou se montraient tout illuminés par ses reflets vermeils. Quelques-uns en faisaient processionnellement le tour, tenant en main un rosaire qu'ils égrenaient ; plusieurs venaient y plonger l'herbe de la Saint-Jean, qui, chacun le sait, en Bretagne, acquiert, au contact du feu bénit, la vertu merveilleuse de conjurer la foudre et la grêle. — D'autres superstitions bizarres et touchantes existaient encore, il y a quelques années, au fond des campagnes, où n'avait pu pénétrer l'esprit railleur des villes. Là on contraignait les bestiaux à franchir l'orbe ardent du brasier pour les soustraire à l'épizootie menaçante ; là des jeunes filles, le sein ému par une course

rapide, déroulaient un instant, comme une guirlande
embrasée, leur ronde joyeuse autour du feu, et repartaient
en toute hâte pour se livrer au même exercice devant un
autre bûcher; si elles réussissaient à en visiter neuf, l'année
ne devait point s'écouler sans qu'il se présentât pour elles
un épouseur; là enfin des mains pieuses rangaient près du
feu des bancs destinés aux défunts chéris; puis, parcou-
rant, avec une pression légère, toute la longueur des joncs
fixés aux parois d'un large bassin de cuivre, elles arra-
chaient au métal de plaintives et lugubres vibrations que
le vent de la nuit portait jusqu'au cimetière; les morts
tressaillaient à cet appel, et venaient, invisibles, s'asseoir
à la place préparée pour y réchauffer leurs membres engourdis par le froid du sépulcre.

On accepte généralement aussi comme un augure favo-
rable d'occuper, dans la zône lumineuse du foyer, le point
indiqué par l'extrémité de la perche couronnée de fleurs,
quand, rongée à la base, elle se couche sur le sol en ai-
guille de cadran. A ce propos, un souvenir traverse
notre mémoire, comme éclairé par le plus mélancolique
reflet de ce feu nocturne. — Au nombre des spectateurs,
pour la plupart gens de la campagne, aux types rudes
et vulgaires, se trouvait une jeune fille dont le visage
avait cet éclat saisissant que semble pouvoir dispenser
seule une origine méridionale. Nul autour d'elle ne
paraissait y prendre garde : car ce franc vermillon des
jeunesses florissantes, que les paysans considèrent, peut-
être avec raison, comme la condition essentielle de la
beauté, ne colorait point sa joue. Elle était pâle, même
sous la lueur vermeille qui l'éclairait, et cette pâleur

faisait ressortir encore davantage les ailes brunes de ses cheveux ouverts en bandeaux, et ses sourcils prononcés, dont le velours noir se fondait vers les tempes en vagues tons bleuâtres. Un regard plein de douloureuse langueur sortait de ses longs yeux, qui, demi-voilés par la frange épaisse et foncée des cils, s'épanouissaient parfois tout grands et comme illuminés d'ardeurs fiévreuses ou passionnées, pour s'éteindre bientôt dans leur habituelle expression de mortel accablement. Quels souvenirs amers, quels désirs impossibles, quels pressentiments funestes inquiétaient cette pauvre âme? Nous ne le saurions dire; mais, au moment où s'élevaient dans notre cœur toutes sortes de souhaits pour l'allégement de sa peine mystérieuse, quel qu'en fût le motif, la perche centrale du bûcher craqua, rongée par le milieu, abattit aux pieds de l'inconnue son extrémité fleurie, et demeura, comme un trait d'union, entre elle et nous. L'esprit de la flamme répondait-il à nos sympathiques élans? ne conduisait-il pas vers celle qui en était l'objet des vœux dont la réalisation semblait assurée par les promesses de bonheur que renferme le bouquet de la Saint-Jean?

Illustration, — 24 juin 1854.

JOUR DE PRINTEMPS

A S.... R***

1

Un habile écrivain, un aimable et doux penseur, dit quelque part, après avoir évoqué les plus touchantes réminiscences de son jeune âge passé en province : « On ne recommence plus ; mais se souvenir, c'est presque recommencer. » Plus souvent encore que les beaux-esprits, les cœurs sensibles se rencontrent ; aussi tu as un jour exprimé devant moi la même idée. Je suis donc autorisé à croire que tu feras un bon accueil aux pages que je vais écrire peut-être un peu à l'aventure, si, comme je l'espère, elles réussissent à bercer dans ta mémoire les souvenirs du pays natal, au temps où, libre de soucis, tu folâtrais sur les pelouses en fleurs du mois de mai.

Je viens de mettre à profit une matinée superbe et vraiment digne du printemps, — car cette année, je le constate, nous avons un printemps, bien que certains esprits négateurs s'obstinent à ranger cette saison au nombre des paradoxes de la poésie et des souvenirs mythologiques. — Je me trouve dans la campagne, et fatigué d'une longue course à travers champs, je me suis assis sur un hêtre abattu à l'entrée du vallon de T***, qui joint la route de Saint-Thonan à Tré-Maria. Cet arbre semble avoir été placé là dans le but unique d'arrêter le promeneur assez distrait pour refuser un coup d'œil au charmant paysage qui s'ouvre devant lui. Tu connais ce paysage : on le rencontre un peu partout ; mais en basse Bretagne il est classique, et pourtant son charme, sans cesse ravivé par l'influence du temps et des saisons, demeure inépuisable. Si d'aventure tu l'avais oublié, quelques coups de plume vont suffire sans doute à le réintégrer dans ta mémoire.

Entre deux collines qui s'élèvent en amphithéâtre, l'une, chargée de taillis d'un ton fauve, d'où surgissent çà et là de noirs sapins ; l'autre, de landes aux fleurs d'or, s'étend une eau dormante où les reflets sombres de la colline de gauche et les reflets dorés de celle de droite s'enfoncent, séparés par l'azur du ciel. Des roseaux, des joncs, quelques plants d'osier dessinent au loin sur l'eau des méandres, où s'engage une escadre de canards, que rejoint sans effort et comme attirée par un aimant, l'une de ses divisions retardataires. Au bord de l'étang, quelques saules sortent, d'une collerette de nénuphars, leur tête noire, noueuse, singulièrement ébouriffée ; plus près enfin, sous de vieux ormes enguirlandés de lierre, un moulin, l'écharpe bouillonnante au flanc, s'adosse contre la chaussée, qu'il domine à peine de son toit de chaume tout verdoyant de pariétaires.

Voilà le paysage tel que tu as pu le voir il y a dix ans ; voici maintenant sous quelle influence il t'apparaîtrait aujourd'hui.

La campagne resplendit, inondée de lumière blonde ; c'est à peine si une légère vapeur estompe les anfractuosités des lointains ; la chaleur fécondante du soleil fait de toutes parts éclater les bourgeons ; le vert-tendre des feuilles naissantes crible de ses grêles mouchetures les halliers et les taillis ; des fleurettes sans nombre émaillent le versant des fossés. La brise, trop faible pour émouvoir les ramées, soulève pourtant des émanations douces quelquefois comme celles de la violette, quelquefois amères et pénétrantes comme celles du buis ; des bruyères humides et des terres labourées. La joie est dans l'air, la vie partout. Des cris aigus et stridents sortent des gazons ; les broussailles sont remplies de gazouillements et de frissons d'ailes ; des grappes de friquets tombent de la cime des arbres, se pourchassent, roulent haletants, étourdis, jusqu'à mes pieds ; et dans le fourré voisin, un merle, — effronté conteur de gaudrioles, j'en jurerais, — scandalise ou fait pâmer d'aise, je ne sais lequel, toute une turbulente société d'oisillons. Le ruisseau....., le ruisseau lui-même, qui de là-bas accourt leste et clair, oubliant des houppes d'écume à l'angle de ses berges, précipite sa joyeuse allure en passant à mes côtés, et disparaît sous une voûte en chantant sa fanfare.

II

L'harmonieux ensemble de chansons et de murmures qu'exhale en ce jour d'allégresse la campagne rajeunie ; ces clartés, cet air tiède, ces senteurs que concentre le vallon vous jettent bientôt, — et surtout après une marche forcée, — dans une sorte de langueur rêveuse ; des bruits confus la bercent d'abord, mais insensiblement ils s'éloignent, puis ils reviennent, grandissent, développent leurs ondes sonores, s'éloignent de nouveau ; les silences se succèdent, se prolongent….. ; et ma pensée qui se sent la bride sur le col, s'esquive sournoisement comme si je m'avisais de contrarier ses tendances à se soustraire aux divertissantes réalités de notre monde sublunaire ! — Qu'est-elle devenue ? Je ne le saurais dire, jusqu'au moment où je la retrouve, ardente à la poursuite d'une créature enchanteresse, qui, préposée sans doute au mystérieux travail du renouveau, semble avoir pour tâche d'égrener sur les buissons, les roses rouges qui couronnent ses bandeaux sombres. — Il serait superflu de t'énumérer ses prestiges ; sache seulement qu'une merveilleuse faculté de perception me la montre alternativement sous les aspects les plus complexes et les plus chers à mes souvenirs, tantôt avec la pâleur chaude et la brûlante hardiesse des beautés du Midi, tantôt avec l'angélique et pensive sérénité des vierges blondes du Nord, suivant le caprice des clartés ou des reflets ; son regard décoche des flèches ardentes, ou douloureusement passionné, il entr'ouvre avec effort la double frange des cils ; ou, limpide et assuré comme le rayon du saphir oriental, sa consolante mansuétude fait éclore au cœur des tendresses infinies. Combien de temps a duré ma poursuite? Je l'ignore ; mais elle m'a conduit au radieux pays visité par Muller, — l'une de ses toiles en fait foi, — où des courants de fluides souverains, d'arômes fortifiants et réparateurs, éternisent la jeunesse de l'année et le printemps de la vie. Des groupes rayonnants de joie et de beauté émaillent le velours de la mousse ; une brise, amoureuse des fleurs, secoue de ses ailes embaumées les suaves accords des concerts lointains, et je crois deviner, dans le chant érotique d'une théorie, le doux conseil du *Pervigilium Veneris : Cras amet !* [1] Il m'est alors révélé, juge de mon ivresse, que la vertu régénératrice d'un certain fluide va me faire de la même essence que les élus de cet Eden. La ferveur de ma croyance au printemps, croyance qui de jour en jour va s'éteignant chez les mortels, est, si cela t'inquiète, mon titre le moins fantastique à cette faveur insigne.

. . . .

L'instant est venu ; le fluide magique m'apparaît sous la forme d'un rayon aux lueurs d'émeraudes, qui prend sa source aux lèvres de ma mystérieuse conductrice. Palpitant, éperdu, le cœur plein d'inexprimables adorations, je m'élance.....

Soudain un cliquetis d'armes, un juron énergique, un

Aime demain qui n'a jamais aimé
Qui fut amant demain le soit encore !

nuage de poussière éclatent à la fois et me font bondir. — C'est l'inexorable réalité, qui, décorée du baudrier jaune de la gendarmerie départementale, m'arrache avec sa brusquerie accoutumée aux enchantements de mon paradis. — En d'autres termes, un gendarme très-grand et très-lourd vient d'escalader la clôture qui fait à mon siège un dossier naturel ; mais la terre s'étant éboulée sous son poids, ils ont pêle-mêle roulé ; de telle sorte que, sans la vigilante sollicitude de mon ange gardien, l'avalanche m'aplatissait. — Ce que je te raconte est d'une exactitude irréprochable. Je ne pourrais appliquer la même épithète à la tenue du susdit fonctionnaire, de violentes frictions ayant çà et là maculé son pantalon bleu.

Nous commençons à nous remettre, lui de sa chute, moi de ma surprise ; il s'éponge le front, je me frotte les yeux ; il jure encore sans s'excuser, et cette fois la chose me semble exorbitante ; l'on dirait en vérité qu'il regrette de ne m'avoir pas écrasé tout à fait. — Pour commencer la conversation, et pour unique reproche, j'ai bien envie de m'écrier, comme le Bertram de Mathurin : « Un ange planait sur mon cœur, et tu l'as effrayé ! » Mais ce gendarme, complétement intempestif, me prévient d'une façon infiniment moins poétique : — Sacrebleu ! m'sieu, je suis en nage ; voilà deux heures que j'emboîte le pas sur ses talons, et, juste au moment où je vais mettre la main dessus, prrrout ! — C'est à peu près mon histoire. — Et pourtant sa manille doit singulièrement lui alourdir la jambe. — Peuh ! — Quoi ! vous l'avez vu ? — Si je l'ai vue ! des yeux noirs grands comme ça ! — Allons donc ! — Bleus comme les violettes, alors. Le gendarme me regarde stupéfait. — Ah çà! mon bourgeois, est-ce que vous avez l'intention de me faire aller? moi je parle d'une pratique, d'un forçat évadé du bagne. — Moi d'une femme. — Il fallait donc le dire. — Permettez, je ne vous demandais pas... — Enfin suffit, mon gibier à moi a gîté cette nuit dans la lande, et, à moins qu'il n'ait en poche le miracle du Juif errant, il sera repincé avant peu; car c'est pas ici comme en Écosse, pas d'argent pas de Suisse. — Pauvre diable! ai-je fait machinalement. Mon interlocuteur s'arrête court, réfléchit, et me décoche cette triomphante réplique : — M'est avis, m'sieu, que si, pendant que vous étiez là à *regarder en dedans*, il avait trouvé bon de prendre l'heure à votre montre, vous ne seriez pas si calme, hein? — Prendre ma montre, il le pouvait; mais y prendre l'heure, c'est autre chose : ma montre n'a pas d'aiguilles, c'est un prétexte à breloques, voyez plutôt... Le gendarme paraît contrarié d'avoir manqué son mot; aussi s'éloigne-t-il sans prendre congé de ton serviteur. Un instant après je crois l'entendre éternuer au bout du sentier, je pense à l'infirmité traditionnelle du corps dont il est membre, je ris et je me trouve suffisamment vengé.

III

Des clameurs joyeuses, des voix enfantines s'élèvent tout à coup d'un pré voisin. Une femme y chante aussi à plein gosier, et avec cet entrain particulier aux cuisinières, une chanson que j'écoute d'abord d'une oreille distraite;

mais la singularité du rhythme me rend bientôt plus atten-
tif, et je parviens à fixer au vol les paroles suivantes :

... Ils s'en vont à l'église,
Le chapeau sous le bras.
Si madame est bien mise,
Monsieur s'informera.
Ah ! dam ! ces messieurs pensent
Qu'on ne les connaît pas !

Curieux d'entendre de plus près la chanson, plus curieux
peut-être encore de voir la chanteuse, je me suis approché
de la haie qui m'en sépare, et je puis, à travers la farouche
crinière de ronces que l'on oppose d'ordinaire aux tenta-
tives d'escalade, contempler un frais et gracieux tableau.
— Sur le tapis vert et douillet d'une prairie zébrée
d'ombre, criblée de primevères, étincelante de marguerites
au disque d'or, trois femmes sont assises et surveillent un
turbulent troupeau d'enfants. Ils sont au moins une douzaine, chérubins roses et joufflus, mignonnes et pimpantes
petites filles ; ils courent dans l'herbe avec mille cris aigus,
ils moissonnent les primevères, et viennent verser à flots la
cueillette dans le giron de leurs bonnes. Celles-ci s'occu-
pent de rassembler les fleurs une à une pour en composer
ces énormes boules d'un jaune pâle, que ton cœur a déjà
nommées, j'en suis sûr, en tressaillant de joie et de jeunesse,
des *bouquets de lait ;* car, bien souvent aussi, tu as cueilli
des bouquets de lait. T'en souvient-il? c'était le jeudi, toujours, jamais le dimanche ; le dimanche on nous attifait
ridiculement ; puis gourmés, engourdis et gauches, on

nous produisait sur les promenades de la ville. Ce dimanche que nous donnait le bon Dieu, l'amour-propre maternel
le dérobait sans remords à notre vie, comme si les jours de
bonheur ne nous étaient pas comptés parcimonieusement.
— Ah ! si l'on cherchait bien, on trouverait peut-être dans
ces dimanches mal employés le germe de plus d'un de nos
défauts actuels ! — C'était donc le jeudi ; l'école était fer-
mée, et nous remettions au lendemain les leçons, — nos
affaires sérieuses d'alors ; — partant, la journée s'ouvrait
sans nuages. Qu'ai-je besoin d'ailleurs de parler au figuré ;
les jeudis de ton enfance ne passent-ils pas tous dans tes
souvenirs avec un ciel d'azur, une campagne verte comme
l'espérance, pailletée de marguerites, et sillonnée de ruis-
seaux, dont la voix d'harmonica s'épuise en roulades de
cristal? Ces jeudis-là étaient du moins ceux qu'on choisis-
sait pour nous mener cueillir des bouquets de lait. Quelles
courses alors au bord des chemins et à la lisière des taillis !
Quel plaisir de tremper notre pied dans tous les courants
et de boire à toutes les sources! Puis, quand l'un de nous
découvrait un recoin mystérieux plus richement fleuri, —
un *placer*, comme on dirait maintenant, — quels cris de
surprise et d'admiration, quels appels à la bande dissémi-
née, quels doux noms volaient dans l'air, et quelles douces
voix répondaient à ces doux noms! — Hélas! plus d'une
parmi les plus douces et les plus aimées seraient aujour-
d'hui muettes à notre appel, car la mort a fait aussi sa
moisson de primevères, mais avec un discernement cruel
et qui justifie outre mesure l'inquiétude d'un poëte espa-
gnol pour « celles qui naissent belles. » Enfin, le soir venu,
quand, brisés de fatigue, débraillés, et les genoux verdis,

nous revenions par le chemin, il fallait voir comme nous étions fiers de narguer les bandes rivales moins heureuses dans leur récolte, ou moins habiles que nous à faire valoir leurs trésors !

C'est aujourd'hui jeudi, les enfants que j'ai sous les yeux font à peu près comme nous avons fait, d'autres feront un jour comme eux, et cela durera tant qu'il y aura des primevères, des enfants et des jeudis.

IV

. . . . . Tu ris, tu ris bergère. — Ah ! bergère tu ris !

Ce refrain me ramène à la chanteuse, qui ne cesse de prodiguer aux échos les richesses d'une anthologie assez en rapport avec sa personne. C'est une grosse fille dont la face triviale accuse un état de santé des plus prospères ; ses yeux et son nez accidentent si peu son visage de pivoine, que les premiers ne sauraient même en louchant, constater l'existence du second. Ceci ne paraît point au reste influer sur son bonheur, si j'en juge par les accès d'hilarité qui, entre deux couplets, viennent à tout propos relever et découper en festons inégaux sa lèvre supérieure. En général je n'aime guère les éclats de rire, n'ayant jamais ressenti moi-même le besoin de rire aux éclats, que sous l'empire de certaines sensations de plaisir extrêmement désagréable, du genre de celles que l'on éprouve en se cognant le coude ou le genou contre l'angle d'un meuble. J'ai

donc déjà fait dix pas pour me soustraire à cette irritante
gaieté, quand une voix nouvelle, mais cette fois d'un tim-
bre sympathique, met à profit un silence inespéré pour
s'élever de la prairie. Je m'arrête, j'écoute, j'écoute plus
attentivement et je retourne à mon poste d'observation.
Rassure-toi, je ne vais pas découvrir une merveille comme
un imprésario en voyage; non la voix est faible, elle est
même presque maladive, mais un petit frémissement fié-
vreux, qui semble sortir d'un cœur où l'amour a déjà
planté ses épines, l'empreint d'une émotion pénétrante
dont j'ai tout d'abord subi le charme. Elle chante sur un
mode plaintif une de ces ballades aux couplets sans nombre. En voici l'argument; peut-être te la fera-t-il reconnaître. — Une pauvre enfant, en proie à toute l'effer-
vescence d'un premier amour opprimé, voit se dresser entre elle et le monde l'implacable grille d'un cloître. La
douleur et le désespoir l'ont bientôt exaltée jusqu'au délire, et sous cette influence perfide se dissipent, au moins
pour un temps, les dévorants souvenirs qui la consument.
Les perspectives dorées de l'idéal s'ouvrent alors à sa pensée, qui s'élance radieuse et traverse les phases les plus
suaves d'une vie de bonheur. Mais hélas! les accents d'une
voix chérie s'élèvent tout à coup sous la fenêtre de la cel-
lule et portent au cœur de la recluse la magique euphonie
du nom adoré : elle tressaille; une lueur fatale l'éclaire,
et, brusquement rendue au sentiment de sa profonde infor-
tune, elle exhale son âme dans un dernier cri d'adieu,
dans une suprême aspiration d'amour. — Connais-tu la
barcarole de Schubert, cette voluptueuse rêverie que le
temps jaloux vient assombrir de son vol, fouetter de son

aile, menacer de sa faux? — Eh bien! je trouve une certaine ressemblance entre la mélodie allemande et le vieil
air; c'est le même sentiment de mélancolie passionnée,
de douloureuse inquiétude, qui dans l'une et dans l'autre,
vous font vibrer les fibres les plus tendres du cœur et vous
émeuvent jusqu'aux larmes. — De ma place je ne puis
apercevoir les traits de la virtuose, mais seulement ses
mains, qui, occupées à fixer un bouquet à l'extrémité
d'une baguette, sont blanches, plutôt un peu épaisses que
fortes, et paraissent assez molles, assez veloutées, pour
qu'on ne puisse les soupçonner de se livrer à de rudes tra-
vaux. C'est, à n'en pas douter, une couturière. Elle porte
une robe brune fort simple, un petit châle gris tout uni, et
son bonnet de tulle noir, piqué à la tempe d'une rosette
rouge, laisse à découvert des bandeaux de cheveux bruns,
un peu arides comme ceux d'une convalescente. Pendant
que je suis en train de me forger, en l'écoutant, l'idée la
plus avantageuse de son visage, je remarque chez sa grosse
voisine des signes d'impatience; mais juge de ma stupeur
et de mon indignation, quand je l'entends s'écrier tout à
coup: — « Jésus! Marianne, est-ce que t'as pas bentôt fini
avec tes cantiques de Noël? Chante que'que chose de plus
farce; t'es embêtante à la fin. » — C'était, tu en convien-
d..., le cas ou jamais pour la Providence, de se manifester,
mais il paraît qu'elle n'a pas toujours sous la main un
aérolithe ou un gendarme pour écraser... — « Je ne sais que
des chansons tristes, » a répondu Marianne, interrompant
ma pensée homicide. — « Ah ben! réplique l'autre, j'aime ma foi mieux les miennes. » Et la voilà qui, derechef,
jette au vent ces paroles :

Il n'y avait que la vache noire
Qui ne voulait pas danser.
Le loup la prit par l'oreille.
Gai! la farira dondaine.
Ma commère, vous danserez.
Gai! la farira dondé,

— « Oui, mais tout ça c'est des bêtises, continue-t-elle ; il est l'heure de partir, et v'là le temps qui se gâte ; allons vite, vite. » — Ici elle donne l'essor à une volée de noms propres qui font accourir les enfants éparpillés dans la prairie. Marianne se lève à son tour, et je puis enfin voir son visage. — Tu vas probablement me soupçonner de continuer l'antihèse, en opposant Marianne à la joyeuse commère, sa voisine ; mais, que m'importe, la vérité avant tout, — elle est ce qu'elle peut, — et je ne saurais rencontrer plus à propos cette citation, pour justifier, non-seulement le portrait que je vais tracer de Marianne, mais encore toutes ces pages, qu'un petit effort d'imagination rendrait assurément plus attrayantes. Marianne a le visage d'une pâleur à peine dorée ; ses yeux, — je m'empresse de le dire, car c'est là son titre le plus réel à l'attention, — ses yeux sont noirs, et leur grandeur exagérée fait songer à la façon étrange dont Homère a qualifié les yeux de Junon ; des sourcils veloutés, des cils épais et sombres les surmontent, les abritent de leurs franges et en tempèrent l'ardeur. Une nuance rosée apparaît vaguement sur ses pommettes qui sont peut-être un peu saillantes ; son nez, d'un galbe énergique, rappelle celui du portrait de Byron enfant ; sa bouche est singulièrement accusée aux angles, et je ne saurais dire si elle doit à l'estompe d'un duvet bleuâtre ou bien au renflement de la joue cette particularité qui lui donne un caractère à la fois souffrant et voluptueux.

Comme tu le vois, si ce visage est d'une séduction contestable, il est au moins de ceux qui sont dignes de fixer l'attention, de ceux qui étonnent s'il ne charment pas. Pour moi, sa première vue, même au grand soleil, m'étonne, me charme et me pénètre du plus tendre intérêt; il est vrai que d'avance j'ai doté Marianne, — comme Silvio sa chanteuse inconnue, — d'une foule de perfections peut-être, hélas! très-fantastiques.

Pourtant les préparatifs de départ s'accomplissent, on ferme les paniers, on relève les guirlandes et les bâtons ornés de bouquets, l'on se dispose à sortir par une tranchée ouverte sur le chemin, et bientôt la bande joyeuse et fleurie paraît à vingt pas, se dirigeant vers la chaussée de l'Étang. Les enfants passent, la servante au rire désagréable les suit, puis vient une autre femme d'un âge mûr, et enfin Marianne.

V

Je viens, je te l'avoue, d'éprouver une sorte de déception. La physionomie générale de ma sirène ne réalise nullement les promesses de son visage élégiaque. Je ne demandais à sa tournure ni souplesse ni légèreté, mais seulement un peu de grâce modeste, langoureuse, ou, à défaut, un peu de cet abandon morbide qui a aussi son charme. De tout cela elle n'a rien : en revanche, ses formes doivent, à leur manque de finesse, une apparence de vigueur fort rassurante, et il y a dans tout son port je ne sais quelle vulgaire expression, qui achève de bannir de mon cœur le sentiment de tendre et inquiète sollicitude qu'avait fait naître son premier aspect. On dirait, en vérité, qu'elle s'ingénie à contrarier les vues de la nature sur sa personne. — Le petit groupe me précède de quelques pas ; mon voisinage semble l'intimider ; on y chuchote. Mais j'en suis bientôt séparé par une haie ; les voix s'enhardissent alors, deviennent distinctes, et je puis entendre le dialogue suivant, que je ne voudrais pas altérer d'une syllabe :

— Mam'selle Sophie ! je vous ai déjà dit de ne pas aller au bord de l'eau ; revenez vite, ou il va vous arriver malheur comme à Louise ***.

Cette interpellation et cet avis sont adressés, par la joyeuse commère, à une charmante espiègle, blonde comme les gerbes de juillet, fraîche comme une rose du Bengale, svelte et cambrée comme une Andalouse, qui de son pied mignon effleure l'ourlet de verdure de l'étang.

— Qu'est-il donc arrivé à Louise, ma bonne ? demande un petit garçon à l'œil déjà rêveur.

— Tiens ! elle s'est *nayée* donc !

— Noyée ! de vrai ? Oh ! je t'en prie, conte-moi son histoire !

— Y a pas d'histoire : elle s'est *nayée*, quoi ! *nayée*, v'là tout ; à preuve Marianne l'a vue.

— Oh ! Marianne ! fait l'enfant, déjà suspendu au bras

de cette dernière, dis, je t'en prie, comment c'est arrivé!

— Hélas! cher bijou, personne ne l'a jamais su; elle jouait, elle courait, puis elle a disparu; on l'a appelée longtemps, et, comme elle ne répondait pas, on l'a cherchée, cherchée….; puis enfin on a vu quelque chose de blanc dans l'eau, tout près du bord, sous les ronces, et c'était Louisette.

— Comment qu'elle était?

— Dam! elle était pâle, pâle, pâle….. comme les bouquets de lait; elle avait au front une tache violette et des déchirures aux mains : elle aura sans doute voulu s'accrocher aux ronces!

— Ma bonne, j'ai du chagrin!

— Du chagrin! *Pourquoi?* fait la servante.

— Pour Louisette, répond l'enfant.

— Dieu! est-il bête, ce p'tit là! Encore si c'était hier! mais il y a longtemps; et puis, en v'là t'y une qu'a eu d'la chance de s'avoir *nayée* le lendemain de sa première communion : c'est pour sûr un ange du paradis à c't'heure!

— C'est égal, Marianne, j'ai du chagrin.

— Cher petit amour! pauvre petit cœur! Embrasse-moi! embrasse-moi! — Et Marianne, enlevant de terre le petit garçon, lui applique sur les joues de gros baisers retentissants. Oh! que volontiers aussi je les aurais embrassés tous les deux. Oh! ces baisers-là, puisse le bon Dieu les tenir en réserve et les lui faire rendre un jour par l'époux de son cœur!

Je suis du regard la petite société, qui déjà se perd à l'angle du moulin, au tournant de la route. Marianne, l'esprit sans doute encore sous l'empire du navrant souvenir évoqué tout à l'heure, chante de sa voix fiévreuse un air larmoyant! puis elle disparaît à son tour, et sa chanson s'éteint sur ce motif douloureux et désolé comme un glas d'agonie:

> Sonnez, sonnez, clochettes!
> Sonnez bien tristement.
> Ma bien-aimée est morte
> A l'âge de quinze ans!

VI

Je suis seul depuis un instant à peine, et déjà la solitude m'est odieuse. Pourtant j'ai voulu relire mes notes avant de poursuivre ma route, et bien m'a pris de cette précaution, qui va me permettre de modifier un peu le riant tableau placé en tête de ces pages. — Je m'étonne, en effet, d'avoir pu trouver en aussi joyeuse humeur cette campagne sur laquelle semble, au contraire, peser une atmosphère de tristesse et de mélancolie. — Les collines, l'étang, le moulin, les arbres, tiennent à merveille, comme par le passé, leur emploi d'accessoires de paysage classique; mais tout cela est gris, maussade et maigre, comme une mine de plomb exécutée par une pensionnaire zélée du Sacré-Cœur, avec un crayon taillé consciencieusement. Des nuages ont chargé le ciel; le soleil n'y montre plus qu'un disque blafard et sans chaleur. Une bise, qui, tra-

vestie en zéphir, sans doute à la mi-carême, aura trompé
la vigilance de son gardien, m'attache un frisson entre les
épaules. Les ajoncs aux fleurs d'or ont disparu sous une
couche de linge sortant de la lessive ; on dirait qu'il a néigé
sur la colline. Plus de frissons d'ailes parmi les broussailles
rechignées et sinistres ; plus de chansons dans ce taillis
suspect, où se montrent de temps à autre des chapeaux
galonnés en quête d'un bonnet rouge. Sur la surface de
l'étang, grise, ridée, sans reflets, la bande effarée des canards tire en toute hâte vers le bord, en poussant des clameurs d'épouvante, comme si ses explorations avaient
amené la découverte, parmi les roseaux, d'un pauvre petit
corps meurtri au front, déchiré aux mains. Que te dirai-je,
enfin ? ces primevères qui m'entourent ont la pâleur de la
mort, ces violettes le ton livide des cicatrices, et le courant
lui-même à l'expression duquel je m'étais mépris tout à
l'heure, — un sanglot diffère si peu d'un éclat de rire ! —
semble fuir en désespéré ce paysage funeste. — Je m'en
éloigne aussi, mais la tristesse n'est pas seulement aux
lieux que j'abandonne, elle est sur ma route, elle est surtout dans mon cœur, et il suffit de l'objet le plus insignifiant
en apparence pour l'y raviver ; — de ces primevères qui
égrenées par les enfants sur leur passage, gisent déjà flé-
tries et à moitié enterrées dans la poussière ; de ce hêtre
dont l'écorce noircit sous le coup machinal de mon bâton
et laisse échapper sa séve comme des larmes ; de ce feuillet
qui, tombé d'un bréviaire sans doute, me met sous les yeux
la triste parole de Jonathas : « Gustavi paululum mellis, et
ecce morior !.. . »

J'en étais là, quand les gouttes avant-courrières d'une

averse tigrant autour de moi le sol, m'ont forcé de chercher un abri que j'ai trouvé... une heure après avoir reçu une douche complète. Ma disposition d'esprit n'y a gagné, je le crains, qu'une pointe d'humeur particulièrement préjudiciable à mes idées antérieures sur le printemps, et je reconnais, à mes doutes actuels, combien il était juste qu'on m'escamotât le dénouement de mon rêve. Mais des doutes infiniment plus sérieux m'alarment. Au moment où j'achève de rassembler ces feuilles éparses, je me demande si elles atteindront le but que je me suis proposé en te les écrivant. Le cœur, je le sais trop, hélas ! a ses caprices, et il s'avise parfois de faire pousser en regrets les souvenirs que l'on y sème à certaines heures : aussi ai-je voulu, dès mes premières lignes, te prémunir contre une surprise de ce genre. Ce n'est point assez : je veux encore placer au front de ces pages un titre, qui, semblable à une vigie signalant un danger, pourra peut-être éveiller tes défiances et te préparer à d'autres mécomptes ; si tu n'as pas oublié ce dicton du pays : « Traître comme un jour de printemps ! »

Illustration, — 12 mai 1855.

ÉCRIT LE JOUR DES RAMEAUX

En ce jour de Pâques fleurie,
Le troupeau des cloches en chœur,
Jette à travers ma rêverie,
Son impitoyable clameur.

Pour surcroît d'ennui, dans ma chambre
Le vent fredonne ses chansons
Du répertoire de Décembre,
Sur des airs chargés de frissons.

Ne pouvant dormir, j'imagine,
(Il est d'étranges voluptés!)
De m'enfoncer au cœur l'épine
Des plus tristes réalités.

Pâques fleurie! une main blanche
En secret brisa l'an dernier
A son rameau bénit, la branche
Qui couronne mon bénitier.

Sa verte couleur d'espérance
Depuis ce jour m'abandonna,
Comme bientôt fit la constance
De celle qui me la donna.

Elle encore! allons du courage
Fouillons les cendres du passé,
Relisons bravement la page
Où gît mon amour trépassé.

Tour à tour folle et soucieuse,
Tour à tour colombe ou pinson,
Aujourd'hui complainte amoureuse
Et demain joyeuse chanson!

Mes souvenirs, je vous renie,
Si vous allez sournoisement
Recommencer la symphonie
Qui se joue au cœur d'un amant!

Longs regards chargés de promesses,
Lèvres où fleurit le baiser ;
Front pâli qui, dans ses détresses,
Cherchait mon cœur pour s'y poser !

Sein, agité sous la dentelle
Au temps de ses premiers aveux ;
Col noyé sous le flot rebelle
Et déchaîné de ses cheveux !

Corsage à la cambrure fière,
Petit pied, qu'en ses tourbillons
Perfides, la valse légère
Emporte à travers les salons !

Moites épaules où la veine
Circule en minces filets bleus
Et dont la blancheur souveraine
Rendrait les marbres envieux.....

Comme ses sœurs de l'Evangile,
Mes rêves toujours en chemin
La rencontrent vierge fragile,
Une lampe éteinte à la main ;

6.

Et malgré l'aube aux doigts de roses
Qui vous bannit, songes charmants,
Je retrouve paupières closes
Mes nocturnes enivrements!

Viens évoqué par mon délire
Doux météore de mes nuits!
Viens, et que ton magique empire
Ramène les bonheurs enfuis!

Mais ne viens pas coquette et folle;
Viens sans fleurs et sans éventail,
Sans ton joyeux chant qui s'envole
D'un nid de perles et de corail!

Je ne veux plus jamais entendre
Ces airs qui m'ont fait tant de mal;
Je n'ai que des douleurs à prendre
Parmi ces souvenirs de bal!

N'attriste pas, je t'en conjure,
Ma radieuse vision,
De ces instruments de torture
Bel ange de la passion!...

Elle vient! la voilà! c'est elle!
Ame joyeuse et front rêveur;
Miroir qui reflète et révèle
Les rayons tristes du bonheur!

Elle a paré son frais visage
De ses sourires les plus doux;
Elle a parfumé son langage
Tout exprès pour le rendez-vous.

Les deux mains pleines de caresses
Elle prend vers moi son essor,
Et l'ardent essaim des tendresses
Sur mon cœur vient s'abattre encor!

Pourtant depuis l'épreuve amère
J'avais bien cru mettre au cercueil
La folle passion dernière
Dont ma raison mena le deuil.

Mais cet amour-là fut sans doute
Un amour qui, mal enterré,
S'en revient flâner sur la route
De son convoi prématuré.

Hélas je reprendrais bien vite
Le sentier à peine effacé,
Si ta blanche main qui m'invite
Cueillait les fleurs de l'an passé;

Si de ton succès éphémère
Tu reniais l'éclat maudit,
Si de ma chambre solitaire
Tu remplaçais le buis bénit,

Celui qui tristement s'étale,
Flétri, poudreux et dévasté
Bon pour asperger d'eau lustrale
Des griefs morts de vétusté!

Revue de Paris, 15 mai 1856.

APRÈS UN BAL

Février 1856.

Sapienti sat.

Qu'est devenu le temps où sur les grèves
Ces blonds cheveux, qu'aujourd'hui tu relèves
Avec tant d'art pour des gens inconnus,
Entre mes doigts étaient tordus, ma chère,
Et goutte à goutte épanchaient l'onde amère
   Sur tes pieds nus !

A cette main, aujourd'hui douce et pâle,
L'air attachait des mitaines de hâle ;
Puis, en dépit de l'énorme chapeau,
Le grand soleil se frayant un passage
Sous ses baisers avait de ton visage
   Bruni la peau.

Le vent des mers te fouettant de son aile,
Forçait ton front à se rider, ma belle;
Dans ces sillons, fermés le lendemain,
On était sûr que la vague marine,
Déposerait sa poudre grise et fine,
　　　Après le bain !

Tu ne prenais, durant nos promenades,
De la charrette aux brutales saccades,
De cette barque où tu ramais aussi,
De ce coup d'air qui t'enfiévrait la joue,
De tes jupons que festonnait la boue;
　　　Aucun souci !

Eh bien, crois-moi, je t'aimais ainsi faite.
En ce temps-là, tu n'étais pas coquette,
Et ce valseur, imprudemment banal,
N'eût de ton cœur, — tant l'innocence est forte!
Comme aujourd'hui voulu forcer la porte
　　　Pendant un bal !

Revue de Paris.

DÉPART DE L'ESCADRE

A B. J.....

Brest 1856.

Vos noirs vaisseaux hier ont déployé leurs ailes !
Rasant d'un vol hardi la croupe des flots verts,
Ils vont où vous allez, frileuses hirondelles,
Sitôt que sur nos champs s'abattent les hivers.

Phares à l'œil sanglant, moroses citadelles,
Vieux cloîtres mutilés durant des jours pervers;
Sein, Molène, Ouessant dont les chaloupes frêles
Bravent de l'Océan les abîmes ouverts;

A l'horizon lointain qui de brume se voile
Tout fuit, l'acte est joué! — Mais derrière la toile
Resté; je m'attendais le soir de vos adieux

A surprendre un chagrin chez ces femmes frivoles
Rien, rien, rien! — Touchez donc aux rives espagnoles
Sans un regret au cœur, sans une larme aux yeux.

Revue de Paris.

Paris. — Imprimerie de M⁽ᵉ⁾ ⱽᵉ Dondey-Dupré, rue Saint-Louis, 46.

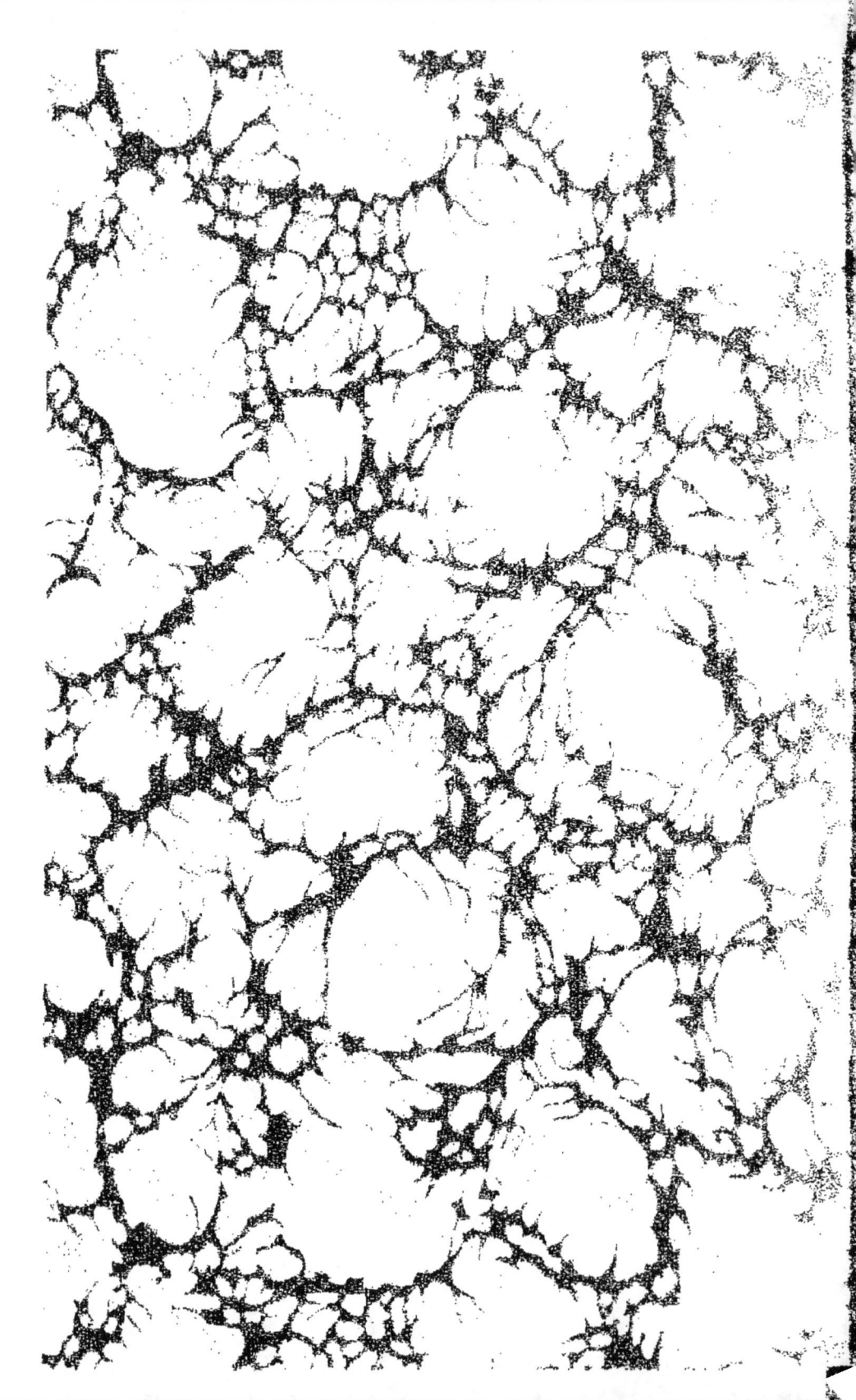

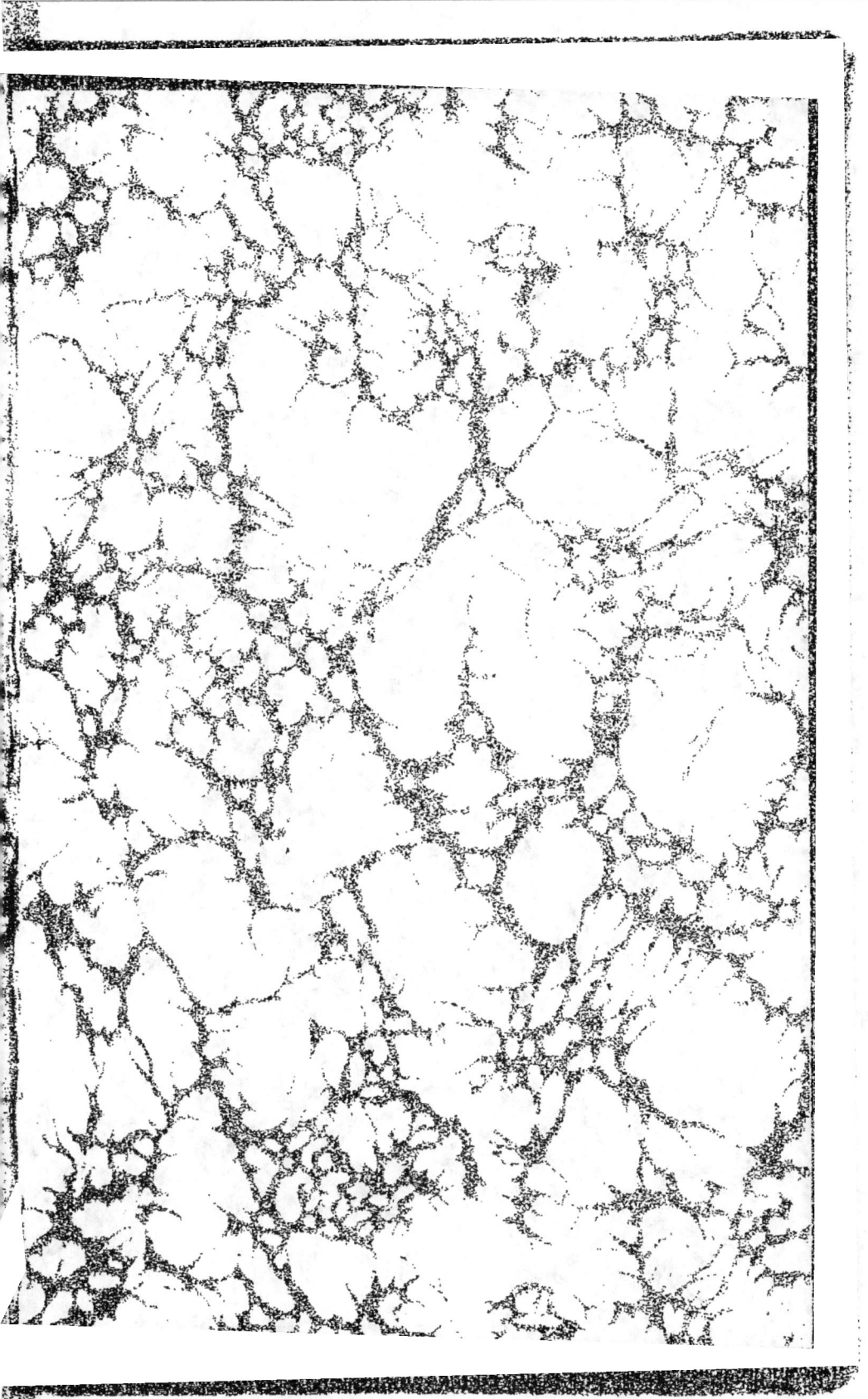

www.ingramcontent.com/pod-product-compliance
Lightning Source LLC
Chambersburg PA
CBHW060453260626
47161CB00005B/2080